RÉPERTOIRE
DU
THÉATRE DE M. COMTE.

LES
DEUX MOUSSES,

DRAME
MÊLÉ DE CHANT, DANSE, ET A GRAND SPECTACLE,
EN TROIS TABLEAUX,

PAR
MM. DE PONTCHARTRAIN ET PAULIN;

23e Livraison.

PARIS,
BRÉAUTÉ, LIBRAIRE-ÉDITEUR,
PASSAGE CHOISEUL, N°s 60 ET 62,
VIS-A-VIS LE THÉATRE.

1830.

IMPRIMERIE DE GUIRAUDET.

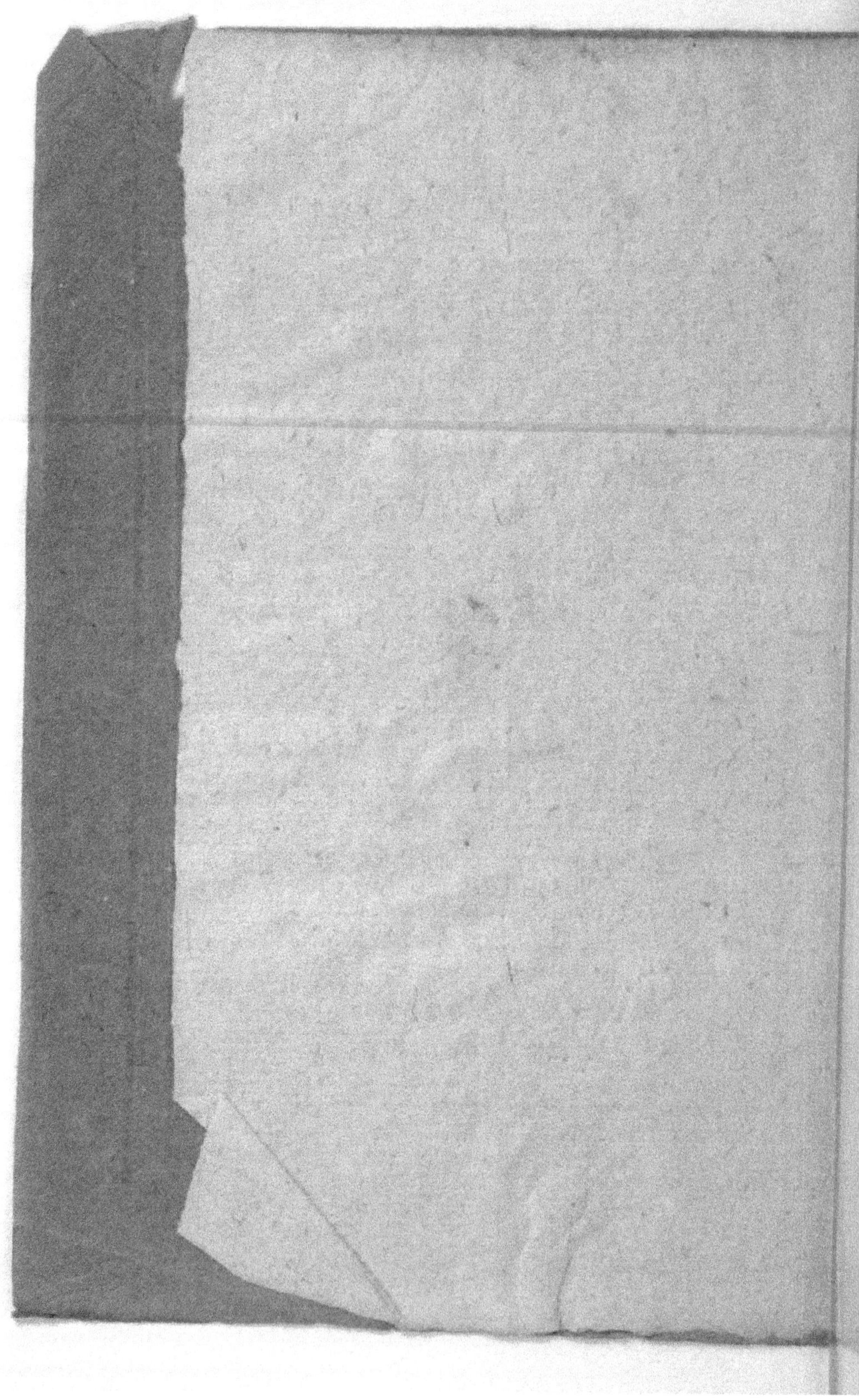

LES
DEUX MOUSSES,

DRAME

EN TROIS TABLEAUX,

MÊLÉ DE CHANT, DANSE, ET A GRAND SPECTACLE,

PAR

MM. DE PONTCHARTRAIN ET PAULIN;

MIS EN SCÈNE PAR M. ARMAND DOMERGUE.

Représenté pour la première fois sur le théâtre des jeunes Acteurs de M. Comte, en mai 1830.

PERSONNAGES.		ACTEURS.
ANTONIO, } mousses d'un brick.	MM.	Josse.
ROGER, } mousses d'un brick.		Francis.
Le Lieutenant du batiment.		Martin.
Le Capitaine d'armes (grade de sergent).		Chéron.
TONY, matelot.		Naudin.
LANGUILLE, garçon batelier.		Adolphe.
Un Compagnon maçon.		Féréol.
BERTHE, mère d'Antonio.	Mlles	Daniel.
LOUISE, sœur d'Antonio.		Brucé.
Une Marchande de sardines.		Lesourd.
Un Aubergiste, personnage muet.		
Marins, Paysans, Villageois, etc.		
Passagers, Ouvriers.		

Le 1er et le 3e tableau se passent sur la rive droite de la Charente, près Rochefort.

Le 2e tableau se passe à l'île d'Aix.

LES

DEUX MOUSSES.

PREMIER TABLEAU.

Le théâtre représente une vue prise non loin du port de Rochefort. La mer est au fond. Sur la droite du spectateur se trouve placée une auberge, ayant pour enseigne : *Au Rendez-Vous de la Marine*, SURET, *marchand de vin*, *aubergiste*.

SCÈNE PREMIÈRE.

Au lever du rideau, Languille, des compagnons maçons avec leurs outils, une marchande de sardines avec son panier, sortant du bateau que Languille attache au rivage.

LANGUILLE, LES OUVRIERS, LA MARCHANDE.

CHŒUR.

AIR : *Verre en main.*

Nous avons atteint l'rivage.
On donn' sans s'plaindr' son argent,

Mes amis, quand on voyage
Si vit', si gaîment.

LANGUILLE.

J' dis, sans vanité,
Que j' suis un passeur habile ;
Quand mon canot file,
Faut voir sa légèr'té.
(*Frappant sur le dos d'un des maçons.*)
J' crois êtr', dans ma barque,
Neptun' qui débarque
Son frère Apollon,
Redev'nu maçon.

J'espère que nous avons fait rapidement la traversée de l'île d'Aix.

UN COMPAGNON.

Oh ! ça filait comme à la vapeur...

LA MARCHANDE.

La sardine n'a pas eu le temps de se gâter en route.

LANGUILLE.

Paie donc, toi, La Rose.

LE COMPAGNON.

Eh ben ! est-ce que tu ne régales pas ?... La poussière du plâtre ça rend la gorge sèche.

LANGUILLE.

Farceur ! farceur ! faut toujours t' rafraîchir,

toi. (*Il appelle.*) Père Suret! père Suret! la goutte.

AIR : *Je loge au quatrième étage.*

Je consens à payer bouteille.
Allons, amis, un p'tit coup d' vieux !
Le vin d' Saintong', qui fait merveille,
Rend l' batelier plus vigoureux
Et le maçon moins paresseux.
Je port' pendant l'année entière
Tous mes profits au pèr' Suret ;
J' gagn' mes pourboir's dans la rivière,
Et j' les dépense au cabaret.

(L'aubergiste verse à boire.)

UN COMPAGNON.

Gâchez serré, père Suret, c'est pour des vieux. (*Buvant.*) Passez au tamis.

LANGUILLE, *trinquant avec la marchande.*

A la vôtre, la Rochelloise! à la vente du panier!

LA MARCHANDE.

A la pratique de l'aimable passeur!

LANGUILLE.

Eh bien, soit : à la santé de l'aimable et du joli passeur! Le joli passeur passe, et vous, gentille passagère, vous ne passerez pas... En v'là un, et un fameux... Je lui ai dit : Le passeur passe, et vous ne passerez pas... Il est soigné.

LE COMPAGNON, *en buvant.*

Dis donc, Languille, en v'là un qui cherche à te faire du tort.

Il montre son verre.

LANGUILLE.

Parce qu'il passe aussi... T'es trop méchant, toi...

TOUS.

Allons, en route. A ce soir, Languille.

REPRISE DU CHOEUR.

Nous avons atteint l' rivage, etc.

(Ils sortent tous à droite et à gauche.)

SCENE II.

LANGUILLE.

La journée commence bien, ma foi. Viv' la marine de passage !... ça vous mène moins loin... J'aurais pu faire comme les fils de la mère Berthe, Antonio, et Roger, qui s' sont embarqués au service du roi... Chacun son goût; moi, j'aim' pas les voyages ous qu'on n' trouve pas des auberges en route.

Air : *L'établi reste garçon* (de *la Mauvaise langue du village*).

D' l'ambition faut se défier.
Quand elle vient et qu'ell' m' tourmente,
J' lui dis : Ma vieill', rien ne m' tente ;
Je suis né batelier,
J' veux mourir batelier.
C'est un joli métier,
C'est un charmant métier ;
L' joli métier
Que l' métier
D'batelier!
J'aurais pu partager la gloire
De nos intrépid's matelots,
Et, pour vivre un peu dans l'histoire,
M' fair' tuer en affrontant les flots.
De quelque grosse aubaine
J'aurais pu prendr' ma part,
Et sous mon bonnet d' laine
Gn'avait pt'-être un Jean-Bart.

V'là le beau côté, mais les boulets de canon, v'là le contrepoids ; et puis les naufrages, les requins, les anthropophages, qui vous mangent des sapeurs et des tambours-majors comme des cornichons. Rien que d'y penser ça vous glace le sang.

D' l'ambition faut se défier, etc.

Eh ! j'aperçois un bâtiment. C'est un brick. Son canot a pris le devant ; il débarque.

SCENE III.

LANGUILLE, TONY.

TONY.

Il débarque, et dit aux matelots qui restent dans le canot :

Amarrez sur la droite, à quelques pas. Moi, j' vais à gauche retenir un gîte pour le commandant.

Il marche avec difficulté.

LANGUILLE.

Eh ! mais je ne me trompe pas...

Air : *Ma Louison, prends un housard.*

Je r'connais cette figure.

TONY, *à l'équipage.*

Qu'est-c' qui va m' donner le bras ?
A terr' ma march' n'est pas sûre,
Je crains d' me jeter à bas.

LANGUILLE.

C'te têt' n'm'est pas étrangère ;
J' l'ai vu' quequ' part.

TONY.

Qui crois' là ?
Est-ce un corsaire ?
Ou bien un frère ?
(Le reconnaissant.)
Comment, Languille, te voilà !

LANGUILLE, *sautant.*

C'est Tony !
Oui, c'est lui !

TONY.

C'est Languille !

LANGUILLE.

C'est Tony !

TONY.

Eh bien ! reste donc là... soutiens-moi...

LANGUILLE, *imitant l'homme ivre.*

Est-ce que tu as déjà un p'tit coup d' tribord ?

TONY.

Pas encore... mais je ne peux pas me tenir sur votre diable d'élément.

LANGUILLE.

T'as encore le mal de mer.

TONY.

Non, parbleu, c'est le mal de terre. Aussitôt que

j'arrive, j' sens que j' m'en vas... Le pied me manque là-dessus ; c'est pas assez solide. Parle-moi du tillac d'une gabarre ou de l'entrepont d'une frégate ; là, je suis cloué. Mais le plancher des moutons, il me semble toujours que la baleine est là qui donne un coup de queue.

Il tombe par terre et s'assied.

LANGUILLE.

Eh ben! v'là qu' tu prends terre. Diable de Tony, va! Et d'où arrives-tu comme ça?

TONY.

D'où? Eh! parbleu, du Nouveau-Monde...

LANGUILLE.

Je ne connais que l'ancien, moi. Et nos deux pays, qui sont à bord, en viennent-ils aussi?

TONY.

Antonio et Roger? certainement... Ils sont toujours là, bons marins, fermes au poste. Ça court sur les vergues comme les écureuils dans les chênes.

LANGUILLE.

Dis donc pas d' bêtise.

TONY.

Hein!

LANGUILLE.

Je te dis : Ne dis donc pas de bêtise... Les écureuils, c'est dans les zhêtres que ça manœuvre.

TONY.

Est-ce que j' sais... Va pour les zhêtres.

LANGUILLE.

Les zhêtres, c'est des arbustes avec lesquels on fait des mâts.

TONY.

On fait des mâts... N' dis donc pas d' bêtise.

LANGUILLE.

Oui, on fait des mâts.

TONY.

Lesquels mâts qu'on fait ?

LANGUILLE.

Des mâts d' Cocagne. Tu y es, farceur.

On entend un signal avec un porte-voix.

TONY, *tâchant de se lever.*

Oh ! v'là l' signal ; le commandant débarque. Et moi qui devais lui chercher un logement pour quelques heures.

LANGUILLE.

Est-ce que v'là pas l'auberge du père Suret ?.. Il y a de fameux vin là... L'officier sera comme le poisson dans l'eau.

TONY.

Soutiens-moi donc, Languille ; cale-moi, que j'aille tout préparer.

On entend le tambour. Tony, appuyé sur le bras de Languille, entre au cabaret, quand le lieutenant et quelques matelots, parmi lesquels sont Antonio et Roger, paraissent.

SCENE IV.

LE LIEUTENANT, ANTONIO, ROGER, LA TROUPE.

LE LIEUTENANT.

Nous resterons à terre jusqu'à la troisième marée. Que l'ordre le plus sévère soit observé partout. Rappelez-vous que, si le courage est la première vertu du soldat, le respect dû aux propriétés de ceux qui nous accueillent est le premier devoir du marin.

AIR : *C'est bien ici l'instant de commenter.*

N'imitez pas les coupables excès
De ces soldats au devoir insensibles,
Qui troublent au sein de la paix
Le laboureur et l'artisan paisibles,

A l'ordre il faut se rallier.
De l'honneur le noble diplôme
Porte que toujours le guerrier
Doit protéger, à l'ombre du laurier,
Celui qui s'endort sous le chaume (*bis*).

Antonio et Roger, sortez des rangs.

ANTONIO *et* ROGER.

Présent.

LE LIEUTENANT.

A la dernière affaire, sur les côtes barbaresques, une action glorieuse fut faite par un mousse placé à l'arrière du bâtiment ; la nuit empêcha d'en connaître l'auteur. Tous les deux seuls vous étiez au poste, et vous devez savoir lequel mérite la louange. Répondez.

ENSEMBLE.

ANTONIO.

C'est Roger.

ROGER.

C'est Antonio.

AIR : *De ma Céline, amant modeste.*

LE LIEUTENANT.

Lequel s'illustra davantage ?

ANTONIO.

C'est Roger.

ROGER.

C'est Antonio.

LE LIEUTENANT.

Qui montra le plus grand courage?

ANTONIO.

C'est Roger.

ROGER.

C'est Antonio.

LE LIEUTENANT.

Lequel reçut une blessure
Pour me préserver du danger ?...

ROGER.

C'est Antonio, je vous jure.

ANTONIO.

Non, mon commandant, c'est Roger.

LE LIEUTENANT.

Antonio et Roger, je ne chercherai point davantage à connaître la vérité. Ce combat de générosité vous honore tous les deux. Vous voulez partager l'honneur d'une noble action, vous partagerez aussi la récompense. Vos deux noms seront transmis au ministre avec une mention glorieuse.

Il se fait un roulement. Le commandant, que Tony vient chercher, entre dans l'auberge. Les matelots se dispersent peu à peu.

SCENE V.

ANTONIO, ROGER.

ANTONIO.

Je ne suis pas content... je t'en veux.

ROGER.

Le motif ?

ANTONIO.

Ton nom seul devait être cité dans le rapport du commandant ; toi seul as fait le trait de courage.

ROGER.

Deux jours avant cette attaque, ne m'avais-tu pas laissé l'honneur d'un trait de hardiesse que toi seul avais fait. Qui de nous deux, s'attachant au pavillon ennemi, était tombé avec lui, l'avait rapporté à bord ? C'était toi, et ce fut toi encore qui le portas au commandant, en affirmant qu'il avait été pris par moi... Tu vois que nous sommes au moins quittes l'un envers l'autre ; et d'ailleurs, quand tu t'es enrôlé pour alléger le sort de ta pauvre mère, et que mon père, pour me punir de quelques étourderies, m'a mis à bord, nous avons juré de mettre tout en partage. Te souviens-tu,

Antonio, du commencement de notre carrière?

ANTONIO.

Ah! si je m'en souviens.

AIR de *l'Écu de six francs.*

Je m'en souviens: quittant ma mère,
L'embrassant pour la consoler,
Je r'joins l'équipag' qu'est à terre;
L' capitaine veut bien m'enrôler (*bis*).
Dans mon cœur j' sens un' noble s'cousse.
L' commandant, qui m' trouv' l'air martial,
M' dit qu' j'avais une têt' d'amiral, } *bis.*
Et sur-le-champ il me fit mousse. }

Ma pauvre mère!... elle est là, Roger (*montrant l'autre côté du fleuve*), à l'île d'Aix.

ROGER.

Mon vieux père aussi!

ANTONIO.

Venir si près d'eux et ne pas les embrasser.

ROGER.

Repartir, et peut-être ne les plus voir jamais... Le lieutenant permettrait peut-être à l'un de nous deux.

ANTONIO.

Il est si sévère... Ma mère! comme je l'embrasserais!

AIR : *Elle a trahi* (de *la Somnambule*).

Il n'est pas loin ce séjour de plaisir,
Heureux témoin des jeux de notre enfance !
Si mon regard ne peut le découvrir,
D'ici mon cœur devine sa présence.
Écho, tu peux jusque là parvenir ;
Porte à ma mère un tendre souvenir !

ENSEMBLE.

Écho, tu peux jusque là parvenir ;
Porte à ma / sa mère un tendre souvenir !

ROGER.

La vague s'enfle, et sous les coups du vent
Va se briser sur la rive où mon père,
Pensant à moi, vient à chaque moment,
Et tour à tour pleure, soupire, espère.
Écho, tu peux jusque là parvenir;
Porte à mon père un tendre souvenir !

ENSEMBLE.

Écho, tu peux jusque là parvenir;
Porte à mon / son père un tendre souvenir !

Antonio, adresse au commandant ta demande.

ANTONIO.

Il l'accorderait plutôt à toi.

ROGER.

Non, Antonio : j'ai des motifs pour penser...

ANTONIO.

Du mystère avec moi !

ROGER.

Va toi-même, Antonio... Voici pourquoi. Tu sais que souvent le commandant me confie quelques uns des objets de prix qu'il possède, soit pour les entretenir, soit pour les remettre en place : hier il me remit une riche bague qu'il porte d'habitude.

ANTONIO.

Eh bien !..

ROGER.

Je la posai un moment dans l'entrepont ; sans doute elle glissa et tomba à la mer, car, lorsque je voulus la reprendre, je ne pus la retrouver.

ANTONIO.

Ah ! mon Dieu !

ROGER.

En m'absentant, si le commandant trouvait son anneau égaré, il pourrait penser... Rien que cette idée... Qu'as-tu donc, Antonio ?... croirais-tu ?...

ANTONIO.

Ah ! Roger, mon ami, mon frère, si quelques traits honorables ont su marquer notre existence, jamais notre fraternité ne sera ternie par une action dont nous ayons à rougir. Mais comment faire? la sévérité du lieutenant est tellement inflexible... Que lui dire, Roger ?... Le voilà.

SCENE VI.

Les Précédents, Le LIEUTENANT.

LE LIEUTENANT.

Vous êtes encore à l'endroit de la halte, mes amis ; vous ne vous disposez pas, comme vos camarades, à courir un peu la plaine. Je sais pourquoi vous tenez à rester près du rivage : les yeux se portent avec tant de délices sur le sol qui nous a vus naître... Antonio et Roger, vous êtes de l'île d'Aix ; je devine le besoin de votre cœur. Je vous dois une faveur comme récompense de votre zèle et de votre courage ; vous irez embrasser vos parents.

ANTONIO *et* ROGER.

Ah! mon commandant...

LE LIEUTENANT.

Mon canot sera pendant trois heures à votre

disposition. Je vous chargerai d'un message pour une parente. Vous allez retourner un moment à bord. Roger, tu prendras dans ma cassette les deux bagues que je t'ai dit hier de mettre à part; jointes à cette lettre, tu les remettras à leur destination.

ANTONIO *et* ROGER.

Mon lieutenant...

LE LIEUTENANT.

Répondez : lequel de vous s'est chargé hier de mettre les bagues dans la boîte ?

ANTONIO *et* ROGER.

C'est moi.

LE LIEUTENANT.

Que signifie ce nouveau combat ? Vous seriez-vous rendus coupables...

ANTONIO *et* ROGER.

Ah ! ne le croyez pas, mon lieutenant, ne le croyez pas ; mais c'est qu'une de vos bagues...

ANTONIO.

Est tombée à la mer.

LE LIEUTENANT.

C'est faux.

ANTONIO *et* ROGER.

Ah ! mon lieutenant, pouvez-vous croire ?...

LE LIEUTENANT.

Autant ma confiance a été grande, autant le châtiment sera grave... Il faut que je connaisse le coupable. (*Il appelle.*) Sergent d'armes ! (*Le sergent paraît ; le lieutenant lui parle bas à l'oreille.*) Antonio et Roger, songez bien qu'il faut que le coupable se nomme.

Il sort.

SCENE VII.

ANTONIO, ROGER.

ROGER.

Antonio, une affreuse accusation pèse sur moi ; c'est à moi seul à la supporter. Je n'accepte pas ton acte de générosité ; je ne suis pas coupable, mais je suis accusé : seul je veux être puni.

ANTONIO.

Quand je suis certain de ton innocence, pourquoi n'échangerais-je pas avec mon ami le châtiment qu'il n'a pas mérité.

ROGER.

Je n'y consentirai jamais.

ANTONIO.

Je l'exige.

ROGER.

Je vais avouer au commandant que seul...

ANTONIO.

Arrête, Roger, arrête! Si tu persistes, je me jette à la mer. Non, tu ne courras pas seul la chance de la terrible punition qu'on te prépare.

ROGER.

Plus fort que toi, je résisterai davantage.

ANTONIO.

Le sentiment de ton innocence doublera mon courage.

ROGER.

AIR : *En assurant leur existence* (des *Deux Turenne*).

Plus jeune, moi, j'ai l'avantage ;
Je cours moins de danger que toi.

ANTONIO.

L'amitié double le courage ;
Le châtiment sera pour moi.

ROGER.

Ne m'offre plus ce sacrifice ;
Tu succomberais... c'est mon sort.

ANTONIO.

Pour toi, Roger, s'il faut que je périsse,
Mon ami... quelle belle mort! (*ter.*)

ROGER.

Je n'ai plus qu'une proposition à te faire. Que le hasard décide lequel est coupable, le seul qui doit subir le châtiment ; je n'accepte pas d'autre arrangement : ce jeu de dés décidera.

A ce moment, le tambour bat dans le lointain.

ANTONIO.

Dépêchons.

SCENE VIII.

Les Précédents, LANGUILLE.

LANGUILLE.

Ah ! bonjour, M. Roger ; bonjour, Antonio. Oh ! cet air sérieux ! J' gage qu'ils jouent aux dés une matelotte pour dîner.

ANTONIO.

Eloigne-toi, Languille.

ROGER.

Va-t'en.

LANGUILLE.

Ah! pardi, c'est pas si friand une matelotte. Voulez-vous que je vous la fasse, moi, au vin de

Roussillon, au bordeaux, au champagne? c'est surtout mon fort.

Air du vaudeville du *Premier prix*.

Dans cet art-là je crois m' connaître.
J' pensais, avant d' prendre leçon,
Qu' pour faire un' mat'lott' fallait mettre
Ensemble la sauce et l' poisson.
Mais un jour j' fis un' bonne école;
Et depuis, connaissant l' métier,
Je mets l' poisson dans la cass'role,
Et le champagn' dans l' cuisinier (*bis*).

ROGER, *jouant*.

4, 5, 6, font 15. A toi, Antonio.

ANTONIO, *jouant*.

6, 6, 3, font 15.

LANGUILLE.

Manche à manche: voyons la belle.

ANTONIO.

A toi, Roger. 3, 4, 1.

ROGER.

3 as: j'ai perdu.

LANGUILLE.

M. Roger a perdu la matelotte.

ANTONIO.

Il donne un coup de pied à Languille.

Imbécille!

LANGUILLE.

Est-il mauvais joueur ! il gagne, et il se fâche... Ah ! mon Dieu ! j'oubliais qu'il vient d'arriver de l'île d'Aix une lettre : c'est Jean le patron qui me l'a remise ; elle est pour M. Roger.

ROGER.

Pour moi ! (*Il lit.*) Elle est de mon père... Ciel ! quelle affreuse nouvelle ! Sa santé, altérée par le chagrin, laisse peu d'espoir de le conserver ; peut-être n'a-t-il plus que quelques heures à vivre.

ANTONIO.

Il lit par-dessus l'épaule de Roger.

Il demande à embrasser son fils... Roger, la partie à laquelle j'ai consenti est nulle ; moi seul je dois me déclarer coupable. Toi, cours auprès de ton père : ta présence le rappellera à la vie.

ROGER.

Antonio...

ANTONIO.

Ne me refuse pas, Roger : en pareille circonstance, ton cœur te dicterait le même dévouement.

ROGER.

Eh bien ! Antonio, pour concilier ce que je te dois avec l'amour que je porte à mon père, obtenous du commandant qu'il suspende jusqu'à quatre heures le châtiment.

ANTONIO.

Oui, nous l'obtiendrons. Je m'offrirai comme otage à ta place; et, si à l'heure fixée tu ne reviens pas...

ROGER.

Ton dévouement ne sera pas mis à cette cruelle épreuve.

LANGUILLE, *à part.*

Que diable machinent-ils donc ensemble? V'là bien du mystère pour une matelotte.

ANTONIO.

Je vais trouver le commandant. Roger, sois certain que je ferai tout pour obtenir la permission que ton cœur désire.

ROGER.

Promets-moi de dire au commandant que moi seul suis coupable.

ANTONIO.

Je te le promets. Languille, conduis-moi auprès du commandant.

LANGUILLE, *à part.*

J'aurai bien du malheur si je ne découvre pas le fil de cette aventure.

Ils sortent.

SCÈNE IX.

ROGER, seul.

Cher Antonio! pourquoi le Ciel réserva-t-il à ton amitié les plus fortes preuves? Moi qui sacrifierais tous mes jours pour toi, je me trouve dans la nécessité d'accepter ton acte de dévouement! Mon cœur est trop reconnaissant pour oublier ce bienfait, et je t'attends à la première circonstance.

SCÈNE X.

ROGER, ANTONIO, LE LIEUTENANT, LANGUILLE.

ANTONIO, *arrivant.*

Roger, Roger, le commandant consent à l'échange.

LE LIEUTENANT.

Roger, vous avez commis une faute des plus

honteuses. Si la connaissance de la vérité ne me laissait encore quelque doute, le coupable serait ignominieusement chassé. Mais il faut pour la discipline qu'il soit livré à la plus terrible punition ; il sera passé aux verges sur le rivage. Des considérations particulières me permettent d'user d'une sorte d'indulgence envers vous. Roger, vous pouvez aller embrasser votre père ; mais rappelez-vous qu'il faut être de retour à quatre heures pour subir votre peine, ou votre ami serait victime...

ROGER.

Commandant, ne me croyez pas assez lâche.

LE LIEUTENANT.

Sergent d'armes, conduisez Antouio au cachot.

ROGER.

Antonio, compte sur ma promesse.

ANTONIO.

Roger, embrasse ma mère ; remets-lui cette bourse, ces petits présents. Adieu, Roger.

ROGER.

Adieu, Antonio.

ANTONIO, *à Languille, qui arrive.*

Languille !

LANGUILLE, *à part.*

Est-ce qu'il va m'inviter de la matelote ?

ANTONIO.

Passe Roger à l'île d'Aix.

CHŒUR GÉNÉRAL.

Célébrons enfin (de *la Soirée*).

LES MATELOTS.

Sans retard, sans retard,
Hâtez le départ.

ANTONIO, ROGER *et* LANGUILLE.

Oui, sans retard,
Hâtez le départ.

LES MATELOTS.

La mer est belle (*ter*).
Il donne une preuve nouvelle
De son amitié en ce jour : } (*bis*).
Avant c' soir il s'ra de retour.

ROGER.

Compte sur moi : toujours fidèle
A mon serment, je s'rai de r'tour,
J' te l' jure, avant la fin du jour.

ANTONIO, *à part.*

Ah! puisse-t-il être infidèle

A sa promesse, et qu'en ce jour,
Il ne puisse être de retour !

(Antonio et Roger se jettent dans les bras l'un de l'autre. Languille ne comprend rien à cette scène. Roger se place dans la barque à côté de Languille. Le sergent d'armes conduit Antonio aux arrêts. Tableau général.)

DEUXIÈME TABLEAU.

—

Le théâtre représente un site de l'île d'Aix, au bord de la mer ; la maison de la mère Berthe est à droite.

—

SCENE XI.

LOUISE, LA MÈRE BERTHE.

LOUISE.

Bonne mère, bonne mère, venez par ici. Voyez-vous là-bas ce bâtiment ?... Si c'était le vaisseau où sont mon frère et M. Roger.

LA MÈRE BERTHE.

Petite folle ! un tel bonheur n'est pas fait pour nous. Je ne vois rien sur l'horizon. Ah ! si fait, j'aperçois un point noir.

LOUISE.

Un point noir... C'est le pavillon blanc.

LA MÈRE BERTHE.

C'est ainsi que je prolongeais mes regards quand mon cher Antonio est parti.

AIR : *Pour accomplir notre serment.*

Quand mon Antonio partit,
J' l'accompagnai jusqu'au rivage;
Au loin mon regard le suivit
Jusqu'à c' qu'il n' pût l' voir davantage.
Je lui disais : Mon cher enfant,
Sois toujours courageux, honnête ;
Le Ciel veillera sur ta tête;
Et sur terr' comme sur mer, mon garçon,
Pour jouir d'un destin prospère,
Et t' rendre le Ciel tutélaire,
Sois bon soldat, et suis la leçon
De ta bonne mère.

SCENE XII.

LES PRÉCÉDENTS, LANGUILLE.

LANGUILLE.

Ah! mère Berthe, ah! mamselle Louise, j'en ai de fameuses à vous dire, allez. Vous ne devineriez jamais... ils sont de l'autre bord.

LOUISE.

Qui donc ?

LANGUILLE.

Antonio... Quand je dis qu'ils sont de l'autre côté, je me trompe, car il y en a un qui est de celui-ci.

LA MÈRE BERTHE.

Et c'est...

LANGUILLE.

M. Roger, que je viens de débarquer ; il est allé voir son père... Voyez-vous ce bâtiment là-bas, c'est le leur.

LA MÈRE BERTHE.

Mon fils !...

LOUISE.

Mon frère!... Oh ! qu'il arrive heureusement, moi qui suis rosière aujourd'hui même.

LANGUILLE.

Ah ! mais je ne sais pas si Antonio passera par ici, parce que, voyez-vous, je crois, d'après ce que j'ai pu deviner, qu'il a joué avec M. Roger une matelote ; et, comme il l'a perdue, je pense qu'il reste à l'autre bord pour la faire.

LOUISE.

Qu'est-ce qu'il dit donc là, cet imbécille ? Si mon frère ne peut pas venir, nous passerons l'eau et nous irons le trouver.

LANGUILLE.

C'est une bonne idée, au fait; je vous mènerons rondement, pour arriver avant que la matelote ne soit...

LOUISE.

Ah! mon Dieu! v'là M. Roger; je le reconnais.

LANGUILLE.

C'est lui qui a gagné la...

SCÈNE XIII.

Les Précédents, ROGER.

ROGER.

Bonjour, bonjour, bonne mère Berthe; bonjour, mademoiselle Louise. (*Il les embrasse.*) Voici d'abord pour Antonio, pour votre fils. Maintenant je prends mon tour.

Il les embrasse de nouveau.

LA MÈRE BERTHE.

Comment se porte-t-il, ce cher enfant?

ROGER.

A merveille, mère Berthe; il promet d'être un

jour un des meilleurs marins du roi. Le commandant n'a pu permettre qu'à un seul de venir à l'île. Mon père étant malade, Antonio s'est sacrifié... Ma présence a causé une heureuse crise ; mon père est hors de danger. Tenez, tenez, bonne mère Berthe, voilà les petits présents qu'Antonio a rapportés de ses voyages, et qu'il m'a chargé de vous remettre.

LA MÈRE BERTHE.

De l'or !

ROGER.

C'est sa part d'une prise sur les Barbaresques. Et vous, mademoiselle Louise, deux mouchoirs de Madras et deux foulards de Calcutta.

LOUISE.

Oh ! la fille de la mercière va-t-elle être de mauvaise humeur, elle qui fait tant la fière avec son petit fichu quatre quarts !

ROGER.

AIR : *Voilà, voilà le mérite des femmes.*

Portant partout un tendre souvenir,
Du nord au sud, de l'Asie à l'Afrique,
Combien de fois nous fîmes retentir
Vos noms chéris aux bords de l'Amérique.

Parmi les dons que vient offrir son cœur,
Antonio sur la rive étrangère
Prit ces deux schals, qui pareront sa sœur, } *bis.*
Et ce bambou, qui soutiendra sa mère. }

LOUISE.

Dites-nous, M. Roger, vous arrivez bien heureusement. C'est aujourd'hui qu'on couronne la plus sage du canton, et c'est moi qui suis désignée. Dans un moment la cérémonie va se faire. Vous serez des nôtres pour la danse, n'est-ce pas?

ROGER.

Un très court moment, mademoiselle Louise, je pourrai partager le plaisir de la fête; ma permission est de peu de durée.

LOUISE.

Vous direz à votre capitaine que c'est une rosière qui vous a retenu : un capitaine de marine, ça doit être galant.

Air de *Julie.*

Si l' commandant n'est point aimable,
J'irai lui faire son procès.

ROGER.

Il pourrait bien, homme intraitable,
Mettre la rosière aux arrêts.

LOUISE.

Mes compagnes viennent, pour causes,
Me réclamer...

ROGER.

Mais soudain, pour raison,
Le commandant les r'tient, et la prison
Se change en un bouquet de roses. } (*bis*).

LOUISE.

Vraiment... Vous êtes galant, M. Roger... Tenez, j'entends déjà les violons.

ROGER.

Une seule danse, j'y consens... Où donc est passé Languille ? Il ne faut pas qu'il s'éloigne ; je compte sur son canot pour me ramener.

LOUISE, *à part.*

Comptez là-dessus... Je saurai bien détourner Languille quand il en sera temps. (*Haut.*) Ma bonne mère, M. Roger nous reste.

SCÈNE XIV.

LES PRÉCÉDENTS, VILLAGEOIS et VILLAGEOISES.

Les violons et les paysans sont arrivés. Une danse se forme. Roger danse avec Louise.

CHŒUR.

AIR de *la Gazza ladra*.

Amis joyeux,
Rendons hommage
A la plus sage
De ces lieux.
D'une rosière
Qui nous est chère
Tous aujourd'hui
Soyons l'appui.
Avec transport quand on lui donne
Le prix qu'elle a bien mérité,
Sur son front plaçons la couronne
Que doit envier la beauté.

Amis joyeux, etc.

(Couronnement de la rosière.)

LANGUILLE.

C'est ça. A présent, un petit rigodon pour compléter la fête.

ROGER.

L'heure s'avance... Après la danse, pensons à la retraite. (*Au moment où Roger va en avant, Louise fait signe à Languille. Quand Roger est revenu en place, il dit à Languille* :) Languille, que ton canot soit prêt à l'instant ; il faut que je retourne de l'autre côté.

LANGUILLE.

Une seule petite contredanse. (*Il s'approche de Louise.*) Mademoiselle Louise, voulez-vous me faire l'honneur...

En ce moment Roger fait un avant-deux.

LOUISE, *bas à Languille.*

Non, mon pauvre Languille, ça ne se peut pas, parce qu'un plaisir ne vaut pas une bonne aubaine. Descends vite dans ta barque ; conduis-la de l'autre côté de l'île : là, tu trouveras cette famille anglaise qui te paie si bien tes promenades sur l'eau. Mylord vient de faire dire qu'il attendait ton canot ; et reviens vite, je danserai avec toi. (*Haut.*) Allons donc, M. Roger, en danse.

En ce moment, la danse devient bruyante. Languille s'échappe.

SCENE XV.

Les Précédents, excepté LANGUILLE.

ROGER.

Où est Languille?

LOUISE.

Ah! quel regard, M. Roger!

ROGER, *à part.*

Le temps s'est écoulé... Antonio, combien je serais coupable si le plaisir me faisait oublier mon serment.

LOUISE.

Encore une danse, M. Roger.

ROGER.

Non, mademoiselle Louise, c'est impossible.

LOUISE.

Cependant vous ne partirez pas à l'instant, puisque Languille a emmené sa barque.

ROGER.

Le canot est en mer!

LOUISE.

Regardez là-bas, le voilà.

ROGER.

D'autres pourront me conduire.

LOUISE.

Il n'y en a pas un seul dans l'île ; à cette heure, ils sont tous en pêche.

ROGER.

Ciel! Antonio, mon cher Antonio!

LOUISE.

Comme il prononce ce nom! Que serait-il arrivé à mon frère?

Le temps semble s'obscurcir; quelques éclairs sillonnent la nue ; les airs de danse s'entendent à peine.

ROGER.

Rien encore... Mais il faut que je parte.

LA MÈRE BERTHE.

Que signifie ?...

ROGER.

Un moment encore, il ne sera peut-être plus temps.

LOUISE.

Expliquez-vous?

ROGER.

Il dépend de mon retour qu'Antonio échappe au supplice.

LA MÈRE BERTHE.

Au supplice, mon fils !

LOUISE.

Dieu ! qu'ai-je fait ?

ROGER, *regardant le rivage.*

Si je pouvais... Les vagues deviennent fortes, la tempête se prépare.

L'orage redouble. La mère Berthe est évanouie ; Louise est éplorée. Roger parcourt la scène comme dans le délire.

RÉCITATIF.

Des flots l'affreux murmure
Semble menacer... O transport !
Antonio, ne me crois pas parjure.
Je gémis sur ton triste sort,
Ton châtiment, qui se prépare.
Que faire, hélas !
Mon esprit se perd, ma tête s'égare.
Où porter mes pas ?

AIR du chœur final du *Barbier de Séville* (3e acte).

Ah ! j'entends gronder l'orage (*bis*) !
Non, jamais à la nage,
Jamais je n'atteindrai le bord (*bis*).

ENSEMBLE.

CHOEUR.

Entendez-vous gronder l'orage ?
Pour le marin quel triste sort !
Heureux celui qui se voit dans le port,
Qui se voit dans le port.

ROGER.

En ce moment tout me présage
De mon ami le triste sort.
Antonio causerai-je ta mort ?
Causerai-je ta mort ?

(On entraine Roger, qui fait de vains efforts pour se jeter à la mer. Tout le monde fuit, afin d'échapper à l'orage, et le rideau tombe.)

TROISIÈME TABLEAU.

Le théâtre représente la rive droite. A droite du spectateur est une espèce de corps-de-garde, sur le pérystile duquel est Antonio.

SCENE XVI.

TONY ;
ANTONIO, dans le corps-de-garde.

TONY.

Oh ! je ne pourrai jamais m'habituer à ce terrain-là ; c'est impossible.

Air : *Mes amours.*

Je n' peux pas vivr' comme ça,
La tête me tourne ;

Moi j' suis fait au flot,
La terr' n'est pas mon lot.
L' commandant a tort ;
Il faut que je r'tourne
A l'instant à bord,
Ou ben avant c' soir je suis mort.

Ah ! que j' plains l' piéton quand il s' met en route !
Dès qu'il faut marcher, moi j' sue à grosse goutte.
Mais que j' suis heureux quand je peux déployer
Mon hamac dans l'quel j' peux dormir ou veiller ;
Je fais l' tour du monde sur mon oreiller.

Aussi je l' dis, avec c'te diable de terre :

Je n' peux pas vivr' comme ça, etc.

Pour tuer un' perdrix, à terr' faut qu'on d'mande
Un permis de chasse, ou bien gar' l'amende.
Mais jamais à bord un procès-verbal
N' nous empêcha d' tuer, par un ordre brutal,
L' lièvre seigneurial et l' lapin communal.

Oui, je l' dis, le redis, et le redirai toujours :

Je n' peux pas vivr' comm' ça, etc.

ANTONIO, *à part.*

Roger, dans ce moment, embrasse peut-être ma mère.

TONY.

Ah ! c'est toi, Antonio... Tu es en cage. Ah ! le

lieutenant ne rit pas, lui... il est sensible comme un habitant de la Terre-de-Feu.

AIR de *Marianne*.

Avec lui n' faut pas qu'on badine ;
J' me souviens qu' dans les mers du nord,
Il voulait de la discipline
Donner l'échantillon à bord.
Chaqu' mouss' sur l' dos
Et sur les os
Reçut d'aplomb
Vingt coups d' corde environ.
Six matelots
Fur'nt dans les flots
S' débarbouiller
Avec l' maître canonnier.
Le lendemain de ce baptême,
Voyant l' commandant qui tardait,
Chacun de nous crut qu'il s'était
Mis aux arrêts lui-même (*ter*).

Allons, bon courage ; moi j' vas profiter de l'embarcation pour aller faire à bord un petit coup de pêche... Oh ! doucement, Tony ! doucement ; il y a du roulis.

(*Il sort en chantant :*)

Je n' peux pas vivr' comm' ça, etc.

SCÈNE XVII.

ANTONIO.

Si quelque obstacle pouvait retenir Roger, mon cœur serait satisfait. Pauvre Roger ! il était peiné de croire que je le regardais comme coupable, et qu'il méritait le châtiment qui lui était réservé. Puisse le sacrifice de quelques moments de liberté que j'ai fait pour lui avoir porté quelque soulagement à son vieux père... J'aurais bien désiré embrasser ma jolie sœur, ma bonne Louise. Comme elle doit être grande à présent !...

SCENE XVIII.

ANTONIO, LE LIEUTENANT.

LE LIEUTENANT, *à part.*

Le bruit du vol a transpiré. Il ne faut rien moins que cette circonstance pour me faire agir aussi sévèrement contre celui qui en est cru l'auteur. Le conseil a décidé. Il est pénible que le châtiment atteigne celui que sa bonne conduite avait jusqu'ici rendu l'exemple de l'équipage (*A la sentinelle.*) Faites venir Antonio.

ANTONIO.

Est-il déjà l'heure, commandant?

LE LIEUTENANT.

Si le moment de la correction n'est point encore venu, l'instant est arrivé où celui qui a commis la faute devrait être de retour.

ANTONIO.

Il reviendra, commandant.

LE LIEUTENANT.

Son exactitude à remplir son serment ne rachètera que faiblement la honte de son action.

ANTONIO.

AIR : *En amour comme en amitié.*

De mon ami si je me suis soumis
A prendr' la plac', je ne puis le défendre ;
A votr' rigueur n'ajoutez pas l' mépris.
Il faut me taire ici ; vous devez me comprendre,
La honte cesse avec le châtiment.
Mon commandant, avant d' quitter la côte,
Si je n' devais êtr' puni de sa faute,
Je prouverais qu' Roger est innocent.

SCENE XIX.

Les Précédents, le SERGENT D'ARMES.

LE SERGENT.

Le vent passe à l'est, mon commandant, et des signaux partis du brick qui est sur les côtes ont répondu aux nôtres.

Il remet au commandant des papiers, des cartes.

LE LIEUTENANT.

Sergent d'armes, l'heure des punitions reste toujours la même jusqu'à nouvel ordre.

Il rentre.

SCENE XX.

Le SERGENT D'ARMES, ANTONIO.

LE SERGENT, *tirant sa montre.*

Mon pauvre Antonio... il n'y a plus que dix minutes.

ANTONIO.

Encore dix minutes... Mon cher brave, mon vieux camarade, que de preuves d'amitié ne m'as-tu pas données depuis que je suis à bord !

LE SERGENT.

Dame ! toi et Roger, vous étiez mes protégés ; mais la discipline avant tout.

ANTONIO.

AIR : *Faut l'oublier.*

Combien de fois, pour l'exercice,
Ou pour nous rapp'ler au devoir,
Vous nous montrez, matin et soir,
Cett' montre qui règle l' service.
Près d'un' bouteill' qu'on débouchа,
Quand l'heur' disait d' fuir la partie,
Plus d'un' fois l'aiguill' recula,
Quand je disais, je vous en prie,
Retardez-la (*bis*).

LE SERGENT.

Ah ! je m'en souviens bien, et je voudrais encore faire virer de bord les deux aiguilles.

ANTONIO.

Même air.

Si tant de fois, pour nous distraire,
Vous avez servi l'amitié,

En c' moment, j' réclam' par pitié
Un bienfait tout-à-fait contraire.

(*A part.*)

En vain mon cœur s' sacrifia :
Car Roger, qui dans c' moment tarde,
Dans un instant p't-être arriv'ra.

(*Haut.*)

Mon vieil ami, votr' montr' retarde,
Avancez-la (*bis*).

(A ce moment, quatre heures sonnent à l'église d'un village voisin.)

(*Souriant.*) Sergent, entendez-vous? le village voisin va mieux que vous.

AIR : *Un moment de gêne.*

J'entends l'heur' qui sonne;
Le signal résonne :
Voilà le moment
De mon châtiment.
Quand mon cœur s'engage,
Ciel! fais que Roger
Ne r'vienne au rivage (*bis*)
Qu'après le danger!

LE SERGENT, ANTONIO.

J'entends l'heur' qui sonne, etc.

(On entend un roulement de tambour dans le fond; les troupes s'assemblent ; la lieutenant paraît.)

SCÈNE XXI.

LE LIEUTENANT, LE SERGENT, ANTONIO, SOLDATS et MATELOTS.

LE SERGENT.

Allons, mon pauvre Antonio.

ANTONIO.

Sergent, je suis à vos ordres... Roger ne revient pas. O mon Dieu! je te remercie! (*Antonio jette sa veste par terre; il tend les mains, qu'on lui lie. Le sergent distribue de longues baguettes et des cordes goudronnées aux gens de l'équipage.*) Dépêchons, sergent: Roger pourrait venir. O ma mère! si le Ciel ne me donne pas la force de résister à ce terrible châtiment, tu te consoleras en sachant que ton fils est mort pour son ami! Camarades, frappez.

Au moment où tous les bras sont levés pour frapper Antonio, on entend dans le fleuve appeler Antonio.

ROGER, *dans la mer.*

Antonio! Antonio!

SCENE XXII.

Les Précédents, ROGER.

TOUS.

C'est Roger ! c'est Roger !

ANTONIO.

Roger !

LE SERGENT.

Il se débat dans les flots ; il va atteindre le rocher... Il disparaît...

ANTONIO.

Il s'est jeté à la nage, et ses forces épuisées... O mon ami ! ô Roger ! non, tu ne seras pas victime de ton amitié. (*Au sergent, qui l'arrête.*) Laissez-moi, laissez-moi. (*Il échappe à ceux qui veulent le retenir.*) Je veux mourir avec lui, ou le sauver.

ROGER, *dans les vagues.*

Antonio !

ANTONIO.

Il m'appelle, et j'y vais.

Il s'élance à la mer.

LE COMMANDANT.

Les embarcations ! les cordages !

On se jette à la nage, et, un moment après, Antonio ramène Roger. Ils se tiennent embrassés. Roger est évanoui.

ROGER, *revenant à lui.*

Cher Antonio !

ANTONIO.

Roger, mon cher Roger, reviens à toi.

LE SERGENT.

Le malheureux jeune homme a perdu toutes ses forces... Il revient...

ROGER.

Antonio, sergent, mon commandant, je viens tenir ma promesse et recevoir ma punition.

TOUS.

Grâce ! grâce ! mon commandant.

LE COMMANDANT.

Je me sens ému jusqu'aux larmes.

SCENE XXIII ET DERNIÈRE.

LES PRÉCÉDENTS, TONY ; LANGUILLE, LA MÈRE BERTHE, LOUISE, débarquant.

TONY.

Arrêtez, arrêtez, mon lieutenant... je vous signale...

LE LIEUTENANT.

Un navire ?

TONY.

Je vous signale un voleur... Je l'ai pêché ; c'est un poisson, et le voilà.

Il tient un énorme poisson.

AIR : *Tu soupires quand le jour se lève.*

Vl'à l'anneau dont vous étiez en peine ;
A la mer il était tombé.
Mais, grâce à mon filet, j' ramène
L' gaillard qui l'avait dérobé.
Suivant la règle militaire,
Usant d' la plus grande rigueur,
Faut un exempl' : que le conseil de guerre
Ce soir s'assembl' pour manger le voleur (*bis*).

ROGER *et* ANTONIO.

O mon ami !

ANTONIO.

O ma mère ! ô ma sœur !

Il les embrasse.

LANGUILLE.

Dieu ! comme vous nagez, M. Roger ! c'est comme un éperlan. A peine étiez-vous jeté à la nage, que j' ramène mon embarcation. Mère Berthe, mamselle Louise et moi, nous y montons. Nous vous suivions ; mais nous avions beau appeler, vous faisiez des brasses, des brasses... Enfin, vous v'là, les v'là, nous v'là ; et voilà !

LE LIEUTENANT.

Roger et Antonio, ce dernier trait vous honore également. Qu'il cimente votre rare amitié. Grandissez ensemble, et confondez votre zèle pour le service du roi et votre amour pour la France. Mes amis, demain nous mettons à la voile.

TONY.

Oh ! mon commandant, on va rembarquer... V'là le mal de terre qui me quitte.

TOUS.

A bord, à bord, la manœuvre !

VAUDEVILLE FINAL.

Air : *Ronde de Masaniello.*

CHŒUR.

La vie est un long pilotage,
Où l'homme, vain jouet du sort,
Toujours luttant contre l'orage,
Vient tôt ou tard toucher au port. } *bis.*

LA MÈRE BERTHE.

Pour recueillir un héritage
D'un enfant de *noble* maison,
L'usurier, qui lorgn' le partage,
Dit, en voyant la cargaison :

ANTONIO *et* ROGER.

A l'abordage !

CHŒUR.

La vie est un long pilotage, etc.

LE LIEUTENANT.

Par des auteurs à la lisière
Thalie a ses droits méconnus ;
Devant le vaisseau de Molière
Leurs frêl's esquifs seront perdus.

ANTONIO *et* ROGER.

Romantiques, amenez pavillon !

CHŒUR.

La vie est un long pilotage, etc.

TONY.

Quand j' n'ai pas l' sou, qu' la soif me mine,
L'ennui sur moi jette l' grapin;
Mais quand je suis à la cantine,
J' dis : Appétit, soif et chagrin...

ANTONIO *et* ROGER.

Virez de bord!

CHŒUR.

La vie est un long pilotage, etc.

LANGUILLE.

Actionnair's de théâtre en France,
Actionnair's de nouveaux journaux,
Actionnair's d'une diligence,
Actionnair's de ponts et canaux....

ANTONIO *et* ROGER.

Coulés à fond!

CHŒUR.

La vie est un long pilotage, etc.

ROGER.

Sous les coups d'un prince barbare
Nos vaisseaux restent en danger;
Mais le châtiment se prépare :
La France dit au dey d'Alger....

ANTONIO *et* ROGER.

Gare au brûlot!

CHŒUR.

La vie est un long pilotage, etc.

ROGER, *au public.*

Messieurs, pour ce léger ouvrage
Notre auteur a conçu l'espoir
D'échapper au terrible orage.
Que faut-il lui dire ce soir?

LANGUILLE.

Fermez les écoutilles !

ANTONIO.

Imbécille !... c'est une fausse manœuvre.

Si l' vent le chasse du rivage,
Ah ! qu'il ne souffle pas trop fort !
L'auteur, hélas ! craint le naufrage
Daignez le conduire à bon port.

CHŒUR.

Si l' vent le chasse du rivage, etc.

FIN.

Imprimerie de GUIRAUDET, rue Saint-Honoré, n° 315.

REPERTOIRE

DU THÉATRE DE M. COMTE.

En vente :

Les trois Fils de la Veuve.
Finette, ou l'adroite Princesse.
Le Tilbury et la Charrette.
Le Chat Botté.
Le Jeune Grec.
La Jeune Marraine.
Un Demi-Siècle, ou la Vie de deux Écoliers.
Une Soirée, ou les Mœurs en miniature.
Le Remplaçant.
Un Jour d'Audience.
Henri IV en famille.
La Petite Somnambule.
Marie Brouillon.
La Muette des Pyrénées.
C'est l'Un ou l'Autre.
Les Petits Braconniers.
Les Ricochets.
Les Blés et les Fleurs.
La Cuisine au Salon.
La Comédie au Chateau.
La Saisie et le Bal.
Les Deux Théodore.

A paraître.

La Fille du Condamné.

Chaque Pièce se vend séparément 75 cent.

www.ingramcontent.com/pod-product-compliance
Ingram Content Group UK Ltd.
Pitfield, Milton Keynes, MK11 3LW, UK
UKHW022126170726
13837UKWH00003B/1394